동백주 몇 잔에 꽃이 피다니

서동인 시집

동백주 몇 잔에 꽃이 피다니

달아실 시선
18

달아실

일러두기

본문에서 하단의 〉는 '단락 공백 기호'로 다음 쪽에서 한 연이 새로 시작한다는 표시이다.

시인의 말

이 섬 저 섬 떠돌다
파도에 휩쓸린 파편들이다.

2019년 8월
서동인

차례

4부

5부

1부

동백 울다

오동도 낭떠러지에
소리들이 떨어지네
무대 없이 관객 없이 피고 지고

새색시 입술 포개지는 새벽이면
활어처럼 파닥이며
벼랑 끝 절창으로 떨어지네

시퍼렇게 잘린 바다 귀를 여네

너, 라는 꽃이불 속에서

서울의 아침 안개는 네온사인이 빨아들인
한강이 짜낸 꽃이불이다

출근길 흐려진다고 경적 울리지 말자
더 환하게 웃자

서울의 아침 안개는
재개발 구역 골목까지 숨이 차도록 피어난
안개의 혀가 수놓은 꽃이불이다

안개와의 동거

한쪽 바짓단이 더 짧은 사내가
어둠을 털어내며 핸들을 잡는다
속도를 내는 새벽
느닷없이 안개와 마주쳤다

어디로 가라는 걸까
왼쪽으로 방향을 틀었다
거기 베트남 여자가 서 있다
그렇게 안개와 십 년을 살았다
늘 축축한 물기들이 방안 가득 흘렀다

얼룩은 번질수록 독한 냄새를 풍겼다
안개는 안개를 낳고
헐렁한 주머니 속에서도
안개가 만져졌다
핸들을 틀면 안개를 벗어날 수 있을까

사납금은 채워지지 않고
안개로 가득한 거리

브레이크를 밟을 때마다
오른쪽 다리는 점점 짧아졌다

비겁함이 겁 없이 자라는 계절

첫눈이 내리고
박사라고
친구들이 말할 때
밥 사라고, 그래
밥 한 번, 사고 싶었다

부둣가 막걸릿집에 둘러앉아
세상 꼴을 트집 잡으며
밥 대신 술추렴을 할 때
목구멍을 찌르는 생선 가시

비겁함이 겁 없이 자라는 계절
생각만 간처럼 굳어졌다

이제야 젓가락을 준비하는 나는
여름을 연주한 베짱이처럼
따뜻한 밥상을 걱정하고 있다

청량리 꽃다방 꽃다발이 바스락거릴 때

술도 판다는 다방에서 자랑 삼아 떠벌리는
강사직도 알고 보면
새순이 돋지 않는 전직이다
내일이면 개강인데 갈 곳이 없어
마담이 흘리는 웃음을 안주로 삼킨다

시집을 세 권이나 낳았다는 치나
어렵게 한 권 냈다는 치나
결혼도 못한 실업자

친구는 이모작 청첩장도 보내는데
그 흔한 개나리 진달래로도 한 번 핀 적 없는
청량리 꽃다방 플라스틱 씨 방울 매단
두 송이
늙은 마담 웃음소리에 꺾여진다

당신의 신발은

한의사는 발목을 늘려본다
병명은 만성 골막염
혼자 사느냐고 묻는다

제대로 먹지 못해 생긴
결핵성 골막염일 수도 있어요!

침대에 누워 침을 맞는다

신발을 바꾸세요
당신의 신발이 아닙니다
신발 때문이 아닌데!

살아온 길들이 따끔거린다

이번 생에 맞는 신발이 있기는 할까?

위대한 경전

경전을 읽고 또 읽어가며 외운다
가까이 하기엔 너무 먼 말씀

당신이 죽을 때까지
어떤 병에 걸려도 평생 든든
걱정할 필요 없습니다
완벽하게 보장해 드립니다

거리에 떠도는 외면의 그림자들
땡볕 속으로 말씀이
녹아 흐른다 가방 줄이 흘러내린다

정작 나를 위한 경전은 어디에서도
팔지 않는다
시가 경전이었을 때도 있었지만
밥이 될 수는 없었다

허기진 오후
혼자 먹는 식당에 앉아
꾸역꾸역 다시 위대한 경전을 펼친다

수상한 간판

우람한 사내의 팔뚝에 새겨진
하트 모양의 타투가
목덜미까지 길게 화살촉을
겨누고 있다
가위에 잘린 머리카락들이 사내의
이력처럼 쌓여간다

눈을 감은 여기 이 산동네에도
내일이라는 이름을
부를 수 있을까
가위가 서걱서걱

종일 고정된 채널에서는
살인자는 검거되지 않고
착, 멈칫거리던
가위가 다시 움직인다

면도칼에 기억이 스쳤다
얼룩진 골목을 지우고

긴 그림자를 늘어뜨린 아파트가
산동네에 그늘을 드리우고 있다

운명

흑룡강성에서 시집온 엄마는

식당 일 나가고

공장에 다니는 아빠와

개나리반 다니는 아이가 손을 잡고

집에 가는 길

한 손에는 흔들리는 과자 봉지

골목길 보안등처럼 불콰한 아빠는

개천에서 용은 나오지 않는다고

중얼중얼

그래도 아빠와 아들

〉

맞잡은 손 놓을 수 없는

신기항

수평선 따위에는 눈길 주지 마세요

귀 기울이지 마세요

염소 울음소리

당신보다 외롭지 않아요

바람을 마신 사람들

바람의 깊이를 헤아리기보다

짠물을 견디고

뻘밭 같은 속을 드러내는 곳

행복해지면 오지 마세요

당신을 위로해줄 섬은 없어요
〉

저기 배가 오고 있네요

2부

서포 일기

산꿩이 운다

산나물 뜯는 손가락이 운다

노을이 바다 뒤꿈치에서 붉게 운다

적막마저 숨을 죽이는 절해고도

유성 흐르는 밤이 운다

도성 소식이 바람으로

달빛으로 흩어지는 노도의 밤

어머니 얼굴이 초승달로 차오른다

수사修辭는 없어라

변방으로 내몰린 마음을 위해

〉

바다 건너 남해 금산이 운다

달과 함께

막배를 놓쳤다

나의 달을 놓쳤다

이불 보따리 짊어지고

항구에 주저앉았다

갈매기가 방파제 위로 날아오르며

놓친 달을 찾는다

노을로는 오늘밤을 덮어줄 수 없다

노숙하는 달과

낯에 마주친 등대가 내외를 하는 밤

도무지 갈 곳이 없어진 섬
〉

무인도들이 새가 되어 떼 지어 날아다닌다

밤하늘에 알약들이 쏟아지면

하나씩 이름이 지워진다

간질 앓는 바다로

등대가 걸어 들어간다

봄날

운동장의 민들레는

물새가 보고 싶어서

제 키를 키우고

여객선은

땅끝에서 울기 시작했다네

뱃고동에 놀란 염소 울음소리

없는 섬의 봄을 깨워버렸네

돌멩이를 훔친 당신

파도의 행간을 훔치지 못하고
돌멩이를 훔친 당신은
한때
시를 사랑했다고?

돌멩이를 따라온
물살의 기억이
파문을 일으키는 밤

뒤따라온 달빛이
당신의 집 창가에 내려앉을 때
철렁! 내려앉는 그림자가 있다

그래! 돌멩이 하나쯤이야
아무도 목격하지 않았다고

시를 위해 잡혀온 돌멩이는
제 안에 품은 바다를 쏟아내나니

물밑의 사랑

방파제 아래 누군가

사랑을 숨긴 게 틀림없다

통발 속에는

봄에

눈이 먼 꽃게 암수가

집게발로 사랑이라는 글자를 새기느라

힘을 다 써버렸다

외로움의 크기만큼

사랑한다는 그 말도 새기고 싶겠지만

천만의 말씀

〉

너희들은 그저 눈먼 꽃게라고

물린 내 손가락이 그 증거라고

그 섬에는 여우가 산다

섬을 뒤집어 놓은 파랑주의보
배들의 닻을 끌어내리고
닻도 없는 사람은 어쩌나
바람이 물어뜯은 빈집
문짝들

문짝도 없는 나는
빈집
보다 더 어둡다

든든한 주인을 기다리는 입장은
나도 빈집도 마찬가지

분교 아이들 겁 없는 웃음소리 마냥 부러운데

여우 울음소리에 놀라
사도도 적금도도
저 멀리 조발도까지 떠내려가 버린다
〉

방파제에 걸터앉은 등대는
밤새 놓친 불빛 주워 모으는 데 여념이 없다

여우를 두려워하는
나도
섬도
달이 뜨기만을 기다리는
입장은 마찬가지

다시 뭍으로

낡은 피아노 소리에
감겨오는
동무들은 자연뿐이다, 라고 쓴다

섬마을 분교의 손님은
며칠이 지나도록 우체부 아저씨뿐, 이다, 라고 쓴다

오지 않을 답장을 쓰는 수평선은

미술 시간에도
바다가 글쎄 아이들보다 먼저
수평선을 그리더라, 고
쓴다

통학선을 타고 뭍으로
돌아오는 길

내 가슴에는
내 몸 크기보다 큰 섬이
누워 있더라고, 도 쓴다

놀러와 여우야

태풍이 북상한다는 소식에
교회 첨탑이 흔들리고 있어요
분교 운동장에서는 아이 혼자
흙장난을 하고
여우야, 여우야
여우가 우리 엄마를 닮았어요!
책 읽는 소녀 동상은 대꾸가 없고
그저 하루 종일 파도만 넘기고 있어요
밭에서 돌아오는 할머니를
유모차가 끌고 있어요
구부러진 등이 갯바위를 닮았어요
금어기를 어기고 도망치는 어선에
아빠가 타고 있을지 몰라요
고양이가 마을길을 점령했어요
교문을 닫기 전에 놀러와,
여우야! 여우야!
오늘은 여우비를 뿌릴 거야
아이는 어제처럼 중얼거려요
등대에 낮별이 놀러왔어요

진돌이 생각

일부터 오십까지 세는데
자꾸만 까먹는다

진돌이가 생각나서
자꾸만 까먹는다

집에 혼자 있을 진돌이

사십구 다음이 뭐냐고?

선생님 질문에
머릿속은 하얗다
진돌이 생각뿐이다

내 맘을 모르시는 선생님은
야단을 치신다

숫자 세는 시간보다
진돌이랑 노는 게 좋다

거문도

배가 뜨지 않아도 가야지
빌려서라도 가야지

갈매기 울음소리가
아침 안개를 걷어내는
마지막 바닷길

멀미도 걱정 없구나
빈손으로 돌아올 모진 세월

아들딸들아 울지 마라
동백꽃 울고 가는
고향길이 너무 좋구나

3부

엄마

살면서

아플 때만 부르는 엄마!

검은 고무줄처럼 살아온 나의 엄마는

엄마의 엄마를 얼마나

얼마나 여러 번

우리 몰래 불러보셨을까

달빛 먹는 나무

나무야
나도 저 달빛 좀 먹고 살자!

너도 나도 함께 살던 우리 집
지금은 너만 사는 우리 집
이젠 충분히 점령군의 수령이구나!

지붕마저 뚫어버리는 가지의 힘 좀 빌려다오!
산동네의 밤하늘도 저 달빛이 먹여 살린다는데
오늘 하루라도 저 달빛 좀 나도 먹어보자

이 집에 살던 사람들은 어디에다 뿌리를 내렸을까?
하늘을 끌어내려서?

어둠에 대한 경고

벼랑 끝으로 밀어버려라

저녁 속에서 헤어나올 수 없도록

빛의 세례는 꿈꾸지도 못하게

참수하듯, 참수하듯 목을 잘라버려라

새벽이 더디 오더라도

목련은 지고

창밖에 우두커니 서 있던 목련꽃은 흔적도 없이 지고

꽃을 피워내던 아픈 날들이 뼛가루처럼 흩어지고

무성한 저 잎들

쌍년

생선 좌판 위에 올라앉은 욕쟁이 할머니는
하루를 두 끼니만으로 건너가지만
복어처럼 부푼 똥배에
소화되지 않는 욕이 늘 웅크리고 있다

왜 이리 비싸?
무심코 뱉은 손님 말에

뭐? 젊어 보잉께 니년들이 나에게 반말하지?
친구처럼 보잉께 반말하는 거지?
이것까지 몽땅 얼마냐구?

에미 애비도 모를 년 같으니라고
초등핵교 문턱도 못 밟아봤다만
그래도 요, 자(字)는 붙이고 산다, 요년아

욕을 몇 그릇이나 먹은 여자, 어이없다는 듯

뭐 이런 할망구가 다 있어?
〉

뭐, 할망구?
주둥아리에 피 질질 흘리는 백여시 같은 년
에라, 뺄건 주둥아리나 닦고 다녀라
밴댕이의 속, 창아리로 젓 담글 년아!

청아, 청아

아비 하나 살았습니다 눈먼 아비 살았습니다 공양미 홍정하고 돌아오는 길 얼씨구 어깨춤을 추었습니다 대자대비한 부처님이시여 눈만 뜰 수 있다면 딸년 하나쯤 하면서 먼 산만 바라보는 눈먼 아비 그의 딸은 인당수에 뛰어내렸습니다 살려 보낼 테니 복수하거라! 연꽃으로 떠올라 아비 만날 날을 손꼽아 기다렸습니다

길 밖으로 걸어가는

햇살이 다친 발목 끌고 가는 길
엄마도 누나도 걸어가고
갯바람도 걸어가고
컨테이너 실은 무역선도 안개 속으로
덩달아 걸어간다

물길이 사라지도록
청미래 가시덤불은 더욱 붉어지는데
동백은 떨어지고
외치도 내치도 섬들도
등대를 따라 걸어가는 달밭기미

걸어갈수록 옛집과 가까워지는
그 길 따라 나도 걸어간다

얼굴

"쥐치가 왔어요 쥐치"
트럭 스피커에서 쥐치가
쏟아질 때
툭 떨어지는 얼굴 하나

누워 사는 엄마 대신 쥐치공장 다니던 누나
건어물만큼이나 야윈 몸매
야간 여상 불빛으로 물기가 더 많이 빠졌지

화가가 되고 싶다던 누나
푸른 갈매기를 그려주곤 했었는데
그림에서는 갯내가 났었지

상여가 소금기 깔끄러운 동네를 돌던
그날 밤에 누나도 항구를 떠났지

어디선가 술안주로 찢어지며 산다던데

쥐치포 한 봉지 들고 가는 언덕길

보안등 아래에는
아직도 덜 마른 얼굴 하나

호텔 장례식장

조개껍질로 나뒹굴다가 지치면, 파도 기다리다 지치면
당신이 머물던 장례식장에 하루를 투숙하러 갑니다

갯바람에 염을 하고
종착역 기차가 되돌아갈 길을 걱정하는 새벽
향냄새 피어오르던 그날처럼

살아오면서 나를 두고 사라지는 것들을
추억한다는 것은
내가 아직 살아 있기 때문일까요?

이쪽과 저쪽을 연결하는 레일이
아직 녹슬지 않은 이유는 기억 때문일까요?

당신의 얼굴이 떠오를 때
우리가 마지막 묵었던 곳으로
오늘을 투숙하러 갑니다

땅끝 모텔

바람은 배를 띄우지 않았다
모텔 창문을 열면 바람의 울음소리

선실처럼 우중충한 방이 새벽을 마구 흔드는데

여기가 땅끝이면
내가 누운 자리도 땅끝이라고 자문하는데

내일은 배가 뜰까
투숙한 사람들은 무엇에라도 매달리는 꿈을 꾸는데

그 꿈의 끝은 툭, 떨어지는 것으로
끝이 난다

땅끝 탓이다

4부

국경찔레꽃

애가 타도록 피었다

포승줄로 굴비 엮듯

줄줄이 끌려 나와 어딘가로 갈 것이다

살아서는 갈 수 없는

가시덤불 국경을 타고 오르는 저 소리

총살당하는 봄날처럼

심장이 터져서야 갈 곳이 생길 것이다

안개주의보

바다가 선을 그었다
제발 여기까지는 떠밀리지 말라고
수평선의 경계가 흐릿해진다

녹물 떨어지는 보일러는 돌아가고
파도 소리 잠잠해지면
검은 밤들마저 안개 속으로 숨어버린다

안개가 불타오른다
희뿌연 연기 가득한 섬
안개는 태워도 다시 살아나고
앞이 보이질 않는다

거짓말

폭포가

수직으로 쏟아진다는 그 말은

서귀포에서는 참이 아니다

붉어지는 눈시울이 툭, 툭 떨어지는 동백꽃이

온종일 우는 봄날이면

폭포는

거꾸로 치솟아 누구도 말릴 수 없다

세상이 뒤집어진 그날부터였다

꿈꾸는 보리밭

수의를 입은 듯 출렁이는 보리밭
둘러앉은
밥상에서 도란도란 웃음소리 그치고 말았다

아버지 따라 누나들 가버리고
식은 밥알처럼 풀기가 떨어져버린 식구들

보리타작하시던 아버지가
새참 이고지신 엄마를 높이 손들어 부르던
그 목소리도 그치고 말았다

민달팽이 여자

그 여자,

구속 받기 싫은 여자

빨간 구두를 벗어버리고

남편도 벗어버리고

자식도!

급기야 집마저 벗어버렸다

미친년처럼

맨발로 걸어 다니는 여자

가끔씩 술에 취해

민주주의를 부르짖는 그 여자

〉

벗어버린 집으로

맨몸으로 기어들어가는

저 여자

얼굴 2

그때 겨우 네 살이던 누이는 바닷가 돌무덤으로 떠나가고
오십의 누이는 납골당으로 떠났다

먹구름을 뭉친 듯 오늘의 하늘은 비를 내리신다

비 그쳐도 여전히 마르지 않는 얼굴

슬픔은
아래로 흐르는 것이 편한 것일까
좋은 얼굴이 또 흐려진다

뿌리의 감옥

제주도 한림공원의 홍매화 분재는 나이가 삼백 살이다
꽃 피운 백 년이 흐르고
뿌리의 세월이 어느새 삼백 년이나 흐르고

화분은 감옥일까
내 어머니 뿌리는 어디에다 당신의 시간들을 모셔두셨을까
얼마나 깊어졌을까

삼백 년 동안이나 깊게 파 내려갔다면
어진 그 뿌리에서
어진 꽃이 피어났을까?

고구마

섬마을 비탈밭에
검은 고동처럼 착 달라붙은 할머니들
서울 간 아들 얘기며, 손자 얘기들을 흙손으로
푹푹 찔러 넣는다

땅속에 들어간 영감하고도
요 손끝으로 사랑을 싹 틔웠는디
자식들 주렁주렁 영글어 갔는디
인자는 요걸 숨거도* 영 재미없당께
뭐니 뭐니 해도 영감이 최고여
전화도 안 허는 자식 놈들
아무 필요 없당께
암만, 영감 고구마가 최고지
주저리주저리 이어지는 할머니들 입담에
숨죽은 고구마 순이 귀를 쫑긋 세운다
농사도 영감이 있어야 제 맛이지
가실 고구마는 탱탱해야 쓸 것인디
할망구가 심은 고구마는 물렁물렁 허당께
밭고랑에 내려앉는 찰방진 햇살들이

웃다가 뒤로 넘어진다

* 숨거도: '심어도'의 전남 방언.

무정한 당신

엄마를 찾아온 아버지

신발이 없어 못 가겠네
어이, 신발 좀 주소

훨훨 타더라, 훨훨 타더라

마지막 신었던
구두를 태워 보낸 엄마는
그날부터 꿈에 찾아오지 않는
아버지,
무정한 당신이라고

낙지

여자들이 섬을 껴안고 새벽까지 놓지 않는다
집을 떠메고 나온 섬들이 밤바다 불빛 속에 살림을 차렸다
안주는 보나마나 세발낙지, 낙지볶음, 낙지무침이다
한 번 들어오면 빠져나갈 수 없는 안개의 서식지
다도해 출렁이는 물살이 술잔에 넘쳐흐른다
고된 하루가 통째로 낙지 빨판에 돌돌 말아져서
한입 속으로 쑥 쑤셔 넣어진다

피할 수 없으면 즐기라는 말도 함께 목구멍을 거쳐
가까스로
저마다의 위벽을 통과한다

바다를 버리면서도
섬을 버리지 못하는 여자들이다
뭍으로
밀려온 징글징글한 사연들이 접시 위에서 흐물거린다

아일랜드 여우

훈풍은 불지 않아요
여우가 빨간 등대로 변신한다는
소문이 진짜였으면 좋겠어요
변신술을 배워 여우가 되고 싶어요
농어를 잡으러 간 아버지는 오지 않아요
수화로 걱정하는 엄마가 싫어요
엄마의 진짜 목소리를 듣고 싶어요
배고픈 방파제가 모래알을 씹어 먹어요
올해는 해당화가 피어날까요
내년이면 문을 닫는 학교는 이미 교문이 없어요
운동장 울타리의 나팔꽃이 종을 울려요
뭍으로 도망치는 갯바람을 달래느라
태극기가 찢어졌어요
여우 발톱이 보고 싶어요
뭍에서 미용실 하는 언니 손톱을 닮았을까요
방과 후의 피아노 선생님 눈꼬리를 닮았을까요
꼬리가 많이 달린 여우일수록
숙맥인 나를 보고 싶어 안달일까요?

5부

바다의 골목

바다에도 골목이 있다
등대가 비추지 않는 낮은 지붕에
달빛이 내려앉는 밤

전화를 걸었더니 떠나고 싶은 섬이
네! 네! 반갑게 목소리를 펼쳐 보이지만

섬의 주인은 내가 아니라 바다이다

섬이
섬을 낳고, 낳고

바다는 섬을 가두고
자라나는 섬들은 골목을 달리다가
삐비꽃 무덤처럼 다시 섬으로 엎드리고 만다

소리도 수평선

교과서에만 밑줄 긋지 마라
살아보니 중요한 것은 교과서 밖에 있더라

내가 네 손을 꼭 잡듯이
수평선이 그은 밑줄이 그러하듯이
밑줄 친 시간들은 서로를 잡아당기더라

하늘과 바다가 밑줄을 긋듯이
아름다운 것들은
교과서 밖
수평선 아래 숨어서 살더라

땅끝에서

한 평의 땅도 없는 나에게
땅끝까지 가라니!
바람이 표를 끊어 내밀 때

더는 밀려날 곳도 없는 가방인데
어디든 못 가겠냐?

이쯤에서 헤어지자
나는 외딴 섬이 더 어울린다더라

한 곳에 머물지 못하는
바람은 오늘도 땅끝에 나를 세워두고
기다리던 배에 혼자 오르게 하는데

땅끝은 바다 저 멀리로 나의 배를 밀어버린다

옥녀를 위하여

옥황상제 미움 받은 옥녀는
해녀로 환생했을까
직포 앞바다 숨비소리 하늘로 오른다

며칠 묵어가게 풍랑주의보나 내려라
민박집 평상에 내려앉는 별들 아래 누우면
여기는 전설의 바다

베 짜다가 미처 하늘에 오르지 못한 옥녀와

모깃불 피어오르고 개 한 마리 어둠을 물어뜯는
자라섬이
육지 향해 목을 길게 내민다

소록도

관처럼 누워 하늘을 보면
귓가에 보리피리 소리 들리시던가요?

떨어져나간 발가락을 찾지 못하고 황톳길 돌고 돌아
뭉툭해진 손마디로 시를 쓰시던

소록도

당신이 누운 시비 옆에
정갈하게 서 있는 저 나무들 가지 끝에서
자라나는 손가락들 좀 보아주실래요?

다도해 노래방

취한 파도가 섬의 중심부를 강타할 때
등대는 더 꼿꼿하게 임무 수행 중
〈항구의 남자〉는 〈거짓말〉
너울 속 미늘을 경계하라
한 번 들어가면 못 빠져나올 통발일지라도
우리는 모두 떠도는 섬
오늘 밤만 허리띠 풀어
섬과 섬 사이 파도처럼 출렁이자
섬들은 파랑주의보에 들고
등대가 부풀어 오르는 밤이다
절벽 위 비렁길은 위태로운 길
그 길 따라가면 섬이 숨겨둔 동굴
〈돌리고 돌리고〉 〈인생은 생방송〉 〈사랑은 재방송〉
때로는 통속이 더 아름답다는 것을
인생은 덤으로 살 수 없다는 것을
파랑주의보가 해제되고 배 떠나는 시각
수면 아래로 가라앉는 다도해

〈 〉은 노래 제목

중세 국어 연습

중세 국어를 공부하면
말과
생각이 되살아나
누군가에게 꿈에서도 끌려다니는데

한 번쯤 와본 듯한
여기 저기 섬들,
중세 시대에 한 번쯤 만난 듯한
저 여우들!

나는
사람이었을까
짐승이었을까

살면서 서러운 이유는
전생에 여우를 괴롭힌 업 때문일까?

윤 선생님

아이 엄마와 헤어지고
혼자 산다는 윤 선생님
산가 대체로 일한다는
특수 학급 선생님

지난 학기에는 수업이 없어
공사장 잡부로 일하다
허리를 다쳤다고
자리 나면 이력서 들고
섬이라도 가겠다고

아이들 앞에서 선생이지만
돌아서면 십 수 년 동안
남의 자리 대체하는 그림자
이제 나이 들어 물러나면
귀농을 해야겠다고
늦은 밤 취해가는
오십이 넘은 윤 선생님

유나의 일기

엄마는 캄보디아로 떠났고
저는 아빠랑 살아요

왕자를 기다리는
인어공주처럼 살고 싶지만

갈매기처럼 저는
섬에서 살아요

보고 싶은 엄마

저를 돌봐주는
집사 로봇이 갖고 싶어요

금오도에서

여객선을 타고 왔지만
여객선을 믿지 않는다
바람 불면 멈추는 당신을 믿지 않는다
위태로운 비렁길
동백꽃의 행적을 물으며 왔다

여천기미에서 함구미까지
여객선 뱃고동 소리는 멀어지고
언젠가 다녀간 듯한 섬
변방의 노을은 혈관처럼 툭툭 붉어지고
서두르자 저녁을 준비해야지

오늘 저녁은
방풍나물 밥상에
구절초차를 마시면 좋겠다

동백의 세계

심장에 꽃이 핀다
취한 꽃이 입술에 오른다
몸을 타고
뿌리 끝까지 흐른다

동백은
사나운 갯바람을 마시며 피어나는 꽃
동백주, 몇 잔에 꽃이 피다니!
아직은
바람을 견딜 수 있구나

해설

안개가 동백꽃을 피워낸 것일까

박라연(시인)

서동인과 나는 1999년 가을 학기의 강의실에서 처음 만났다. 무척 단정한 이미지의 시인 지망생이었다. 가슴속 깊은 곳에 안개가 숨어 사는지는 꿈에도 몰랐다. 서울에서 다시 만났다. 그가 우여곡절 끝에 성균관대학교에서 박사 과정을 밟고 있었으나 오히려 그의 몸에 안개가 광범위하게 퍼지는 일이 될 줄은 더욱 짐작 못했다. 서동인의 얼굴에서 풍기는 귀공자 냄새 탓이었을까?

그런데 어느 날 새벽에 나는 그로부터 놀라운 전화를 받았다.

"선생님! 저… 동인이에요! 저… 지금 한강 다리 밑

입니다. 제가 봐둔 자리가 있거든요!"

아! 이를 어째! 봐둔 자리라니! 무슨 말이야! 다행히 나의 놀라움은 은유의 세계 속으로 사라졌고 그는 안개의 서식처가 더 이상은 되기 싫었을까? 서울을 떠났다.

세월이 흘러 그가 이 섬 저 섬을 떠돌며 산다는 것만 알고 있었다. 계속 시를 쓰고 있는지조차 물을 수 없었다. 그런데 반갑게도 여름이 시작될 무렵 한 뭉치의 시집 원고를 받았다. 그 원고를 읽는 즐거움을 누리게 되었다. 그의 이번 시집 원고의 시 중 「그 섬에는 여우가 산다」라는 제목과 시를 보면서 아찔했다. 그의 작은 가슴에는 안개 말고 또 서식지를 넓혀가는 세상의 가시들이 있었을까? 날것 그대로였다.

물론 자세히 들여다보면 누구나 가시나무 한 그루씩 제 안에 숨어 자라게 할 것이다. 살아 있는 존재들의 밥값임을 누군들 부정할 수 있을까? 그의 작은 체구와 선한 눈매가 상처를 불러들인 것 같은 흔적들이 있었다. 그는 언젠가 내게 말했다. "선생님 시에는 가난이 안 보여요." "그래? 시인들이 시를 놓지 못하는 이유는 기본적으로 과거든 현재이든 극한적인 극빈의 상황 때문이 아닐까? 물질적이든 정신적이든 말이야!"

라며 옹색하게 얼버무린 적이 있다. 서동인의 그 말뜻을 이번 시집 원고의 마지막 페이지를 덮으며 깨달았다. 내가 겪은 가난과 그가 지금도 놓지 못한 가난과는 그 피가 다르다는 것을…….

나는 시 수업을 할 때 마치 무슨 수학 공식 주입시키듯 하는 말이 있다.

"좋은 시는 내 힘으로 쓰는 것이 아니다. 어디서 받아오는 문장이다. 아무도 쓴 적 없는 문장이되 대체로 이해 가능해야 한다는 것! 무릎을 치면서 아! 그래, 저런 표현이 바로 시야! 그런데 우리는 왜 그렇게 표현할 수 없었지? 하면서 아쉬워하도록 해야 한다."

서동인의 이번 시집의 경우에서는 철회해야 옳을 것 같다. "감동적인 시는 그의 인생에서 나온다!"라는, 진부한 표현이라도 빌려와야 할 것 같다. 그가 한 점 한 점 걸어온 시간들이 애달프게 불러준 문장이 바로 그가 받아 적은 시였다.

그가 과감히 서울을 포기하고 귀촌하였으나 막막하기는 서울과 다를 바 없었을까? 이 섬 저 섬을 떠돌아다니면서 쩡쩡! 울리는 시를 아름답게 토해낸 그의 힘이 유별하고 유장하다.

심장에 꽃이 핀다
취한 꽃이 입술에 오른다
몸을 타고
뿌리 끝까지 흐른다

동백은
사나운 갯바람을 마시며 피어나는 꽃
동백주, 몇 잔에 꽃이 피다니!
아직은
바람을 견딜 수 있구나

—「동백의 세계」 전문

그의 이번 시집의 마지막 페이지에 앉혀진 시 전문이다. 자신을 지키려고 끊임없이 스스로를 담금질한 선물일까? 서동인 그가 오래전에 한강 다리 밑에 봐둔 은유의 자리에서 무시무시하게 아름다운 시가 잉태되고 있었을까? 귀향을 결심한 전후부터 사나운 갯바람을 마셔야만 꽃을 피워내는 동백 한 그루가 그의 심장 한복판에서 자라기 시작한 것일까? 시의 행간마다 사철 내내 붉은 동백을 피워 올릴 태세다. 무너지지 않으려고 몸을 곧추세울 때마다 붉은 꽃망울이 온몸에 맺힐 것처럼.

“동백주, 몇 잔에 꽃이 피다니!”라는 구절 앞에서 숨이 멎는 것 같았다. 끝이 안 보이는 참혹한 현실이 그의 정신과 육체를 잔혹하게 파먹으면서 그의 몸과 정신을 붉은 시로 바꾸어준 것임에 틀림이 없으리라. 이 한 구절만으로도 그는 이제 누구와도 대적 가능한 시인이 되었다고 선언해주고 싶다. 시가 한 시인의 세계관의 밀도, 상처의 밀도, 시대 상황 체득의 밀도와 간절함의 밀도에 비례하는 것이 옳다는 전제 아래 말이다. 나의 선언이 그가 마땅히 시인으로서 받아야 할 최소한의 대우라도 받게 될 계기가 되었으면 해서다.

이번 시집 1부 두 번째로 배치한 아래의 시는 읽는 이의 가슴을 안개로 푹 젖어들게 한다.

서울의 아침 안개는 네온사인이 빨아들인
한강이 짜낸 꽃이불이다

출근길 흐려진다고 경적 울리지 말자
더 환하게 웃자

서울의 아침 안개는
재개발 구역 골목까지 숨이 차도록 피어난
안개의 혀가 수놓은 꽃이불이다

—「너, 라는 꽃이불 속에서」 전문

제목만 보면 신혼부부가 아름다운 첫 출발을 위해 준비한 고운 이불을 연상하게 한다. 그런데 그가 짜낸 따뜻하고 아름다운 꽃이불의 실체는 안개다. 여기서의 안개는 남들이 잘 때조차도 잠들 수 없는 이들의 손발이며 눈동자일까? 실낱같은 희망일까? 좀 더 나아진 내일일까? 아무튼 그는 부디 출근길이 불편해도 경적 울리지 말고 좀 웃어주면 어떻겠느냐고……, 이불에 수놓인 그 꽃은 그냥 꽃이 아니라 안개가 피워낸 안개의 꽃이라고……, 안개는 그러니까 그의 중얼거림일까? 각자의 인생에서 밤새워 그들의 혀로 꽃을 짜는 사람들일까? 숨이 차도록 재개발 구역의 구석구석까지 올라온 그들의 수고와 희망을 외면하지 말자, 라는 간절한 눈망울일까?

시인의 몸에 서식지를 넓혀가던 안개가 직접 쓴 시 「안개와의 동거」 앞에서 우리는 저절로 기형도의 그 유명한 안개와 수많은 시인의 심장에서 태어난 적 있는 안개의 이미지들을 호명하게 될 것이다. 그러나 서동인의 안개는 시인의 인생 자체이다. 매우 구체적으로 묘사된다는 측면에서 다른 시인들의 안개 이미지와는 변별 되어야 할 것이다.

한쪽 바짓단이 더 짧은 사내가
어둠을 털어내며 핸들을 잡는다
속도를 내는 새벽
느닷없이 안개와 마주쳤다

어디로 가라는 걸까
왼쪽으로 방향을 틀었다
거기 베트남 여자가 서 있다
그렇게 안개와 십 년을 살았다
늘 축축한 물기들이 방안 가득 흘렀다

얼룩은 번질수록 독한 냄새를 풍겼다
안개는 안개를 낳고
헐렁한 주머니 속에서도
안개가 만져졌다
핸들을 틀면 안개를 벗어날 수 있을까

—「안개와의 동거」 부분

이럴 수가! 아찔해져서 자문하게 된다. 우리는 세상의 어느 구석을 구제하겠다고 시를 쓰는 시인으로 살고 있는가. 장석남은 그의 시 「번짐」에서 "목련꽃은 번져 사라지고 …… 삶은 번져 죽음이 된다"고 노래해서 독자들에게 죽음조차도 아름답게 받아들이게 해주었다. 그런데 서동인은 제 몸에 서식하던 안개가 번져서 한 무더기의 우울한 물기로 번져도 물리칠 수가 없다. 결국 시인마저도 안개가 되어 살 수밖에 없었던 것인데……! "헐렁한 주머니 속에서도 / 안개가 만져"지는 처참한 현실을 달래어 재개발 골목까지 숨차게 올라가서 스스로 꽃이불이 되려고 노력하는 힘은 어디서 어떻게 끌어와 여기까지 왔을까? 짐작 불가이다.

이렇듯 축축한 안개로 가득찬 시인의 심장에 이 세상 모든 분들 몫의 빛을 조금씩만 떼어내서라도 넣어주고 싶어진다. '얼룩이 번질수록 독한 냄새를 풍기는' 축축한 안개를 꽃이불로 바꿔보려는 몸부림이 너무 아프다. 이 시를 반복해서 읽는 동안 어디로든 숨고 싶었다. 박사 학위를 천신만고 끝에 받았으나 그 학위가 오히려 안개로 번져서 안개의 일부로 살 수밖에 없는 여러 정황과 마주친다. 그런데도 가차 없는 생존의 갖가지 협박 앞에서도 그는 여전히 유순한 척하면서 유쾌한 유머를 구사하고 있다.

첫눈이 내리고
박사라고
친구들이 말할 때

밥 사라고, 그래
밥 한 번, 사고 싶었다

부듯가 막걸릿집에 둘러앉아
세상 꼴을 트집 잡으며
밥 대신 술추렴을 할 때
목구멍을 찌르는 생선 가시

비겁함이 겁 없이 자라는 계절
생각만 간처럼 굳어졌다

이제야 젓가락을 준비하는 나는
여름을 연주한 베짱이처럼
따뜻한 밥상을 걱정하고 있다

—「비겁함이 겁 없이 자라는 계절」 전문

학위도 시인이란 이름도 본인의 끼니조차 해결하기 어렵게 할 뿐이라는 것까지는 독자들도 잘 모를 것이다. 그런데도 여전히 살아서 꿈틀거리는 정신노동자의 자부심은 오직 그만의 자부심일까? 박사님이 되었으니 친구들이 밥 사라고 하면 사고 싶어진다. 그러나 생각만 간처럼 굳어져 갈 뿐 그의 현실은 여름을 연주하던 베짱이 신세와 다를 바 없다. 곧 닥쳐올 겨울의 따뜻한 제 밥상이 걱정인 것이다. 어디 그뿐인가. 그는 오십 줄인 지금도 혼자다. 그래서 그는 청량리 다방의 구석에서 바스락거리는 꽃다발의 일부가 되기도 했을 것이다.

술도 판다는 다방에서 자랑 삼아 떠벌리는
강사직도 알고 보면
새순이 돋지 않는 전직이다
내일이면 개강인데 갈 곳이 없어
마담이 흘리는 웃음을 안주로 삼킨다

시집을 세 권이나 낳았다는 치나
어렵게 한 권 냈다는 치나
결혼도 못한 실업자

친구는 이모작 청첩장도 보내는데
그 흔한 개나리 진달래로도 한 번 핀 적 없는
청량리 꽃다방 플라스틱 씨 방울 매단
두 송이
늙은 마담 웃음소리에 꺾여진다

—「청량리 꽃다방 꽃다발이 바스락거릴 때」 전문

이 시를 읽는 내내 농촌 현실의 비애나 도시의 비정을 탁월한 감성으로 노래한 시인들의 시와 얼굴이 떠올랐다. 시 덕분에 눈부신 빛의 세례를 받게 된, 받고 있는 선후배 시인들의 얼굴이 왜 떠올랐을까? 절창의 시 덕분에 그분들의 중년과 노년이 눈부셨듯이 시인 서동인의 오십 이후도 밥 세끼라도 걱정 없이 살았으면 하는 소망 때문일까? 정신노동자의 화전민 생애의 애환이 서동인만의 상처가 아님을 알면서도 말이다. 이번 시집의 시들이 아름답게 회자되어서 이 섬 저 섬을 떠돌아다니며 생계만이라도 책임지려고 안간힘 쓰는 그 앞에 출몰하던 여우들의 공격만이라도 받지 않게 해줄 수는 없을까? 하는.

"강사직도 알고 보면 / 새순이 돋지 않는 전직이다" 라고 시에 쓸 만큼 시간 강사라는 직업은 여전히 아픈 과거이며 현재일까? 물질 대신 정신의 먹이를 머릿속 가득 채우며 살아온 세월이 이제부터라도 "새순이 돋지 않는 전직"이 되지는 말았으면 좋겠다. 시를 덮은 후에도 나의 뇌리에서 사라지지 않는 문장은 '은유의 세계'라는 문장이었다. 그가 수십 년간 모시고 살았던 은유의 세계가 그의 심신을 조금은 덜 아프게 할 일이 생길 것 같기도 했다.

그가 왜 박사 학위를 받고도, 시집을 내고도 서울을 떠났는가. 새 학기가 시작될 때마다 청량리 꽃다방 같은 곳에 앉아서 오지 않는 전화를 기다리며 초조하게 살기 싫어서였을 것이다. 그런데 섬의 교단조차 그에게는 목마름이다. 서동인 시인이 섬마을 붙박이 선생이 되어 바닷가의 가난을 아름답게 노래할 수 있다면 좋겠다. 한국의 푸시킨으로 기억되었으면 좋겠다. 이러한 기대가 과분하다면 이번 생에서 서동인도 '그 흔한 진달래나 개나리로 한 번쯤 피어나' 일가를 이루었으면 좋겠다. 이모작 청첩장까지는 못 돌려도 말이다.

그러나 걸어온 길을 누군들 후회 없이 쉽게 바꿀 수 있으랴! 발에 딱 맞는 구두를 만나는 행운은 쉽지 않을 것이다. 서동인 그도 잘 풀리지 않는 무대 위에서 버둥거릴 때마다 혼자서 무대 탓도 해보고 신발 탓도 해보고 시대 탓도 해보았을 것이다. 그의 인생 지도에 등장하는 「당신의 신발은」을 읽으면서 한 번 더 가슴이 아려왔다.

한의사는 발목을 늘려본다

(중략)

제대로 먹지 못해 생긴
결핵성 골막염일 수도 있어요!

(중략)

신발을 바꾸세요
당신의 신발이 아닙니다
신발 때문이 아닌데!

살아온 길들이 따끔거린다

이번 생에 맞는 신발이 있기는 할까?

—「당신의 신발은」 부분

만성 골막염을 치료하려고 침을 맞는다. 그는 그저 "살아온 길들이 따끔"거릴 뿐이다. '나의 인생은 구두 탓이 아니다'라고 자위해본다. 그러나 거쳐온 길들에게서 받은 상처 때문임을 모를 리 없다. 그의 인생의 질곡이 서로 부딪쳐서 곪았고 그 세월이 겹쳐서 더 깊게 곪은 것이다. 인생이 바뀌지 않으면 신발을 바꾼들 무슨 소용이 있으랴! 제대로 먹지 못해서 생긴 결핵성 만성 골막염이란 진단이 그저 친숙할 뿐이다.

그래서 그는 그의 눈앞에서 피었다가 지는 목련을 보고도 아름답다거나 순결하다는 표현을 못 쓰는 것일까? 제대로 먹지 못해 만성 골막염 진단을 받아야

하는 그의 현실 앞에서의 목련들은 "꽃을 피워내던 아픈 날들이 뼛가루처럼 흩어지고"(「목련은 지고」)로 인식될 뿐이다. "안개는 태워도 다시 살아나고 / 앞이 보이질 않는다"(「안개주의보」)라고 말 할 수밖에 없다. 섬에 사는 염소의 울음소리조차 시인의 처지보다는 덜 외롭게 들리는 것을 어쩌랴!

그래서 그의 반격은 시작된 것일까? 그 앞에 놓인 어둠에게 드디어 경고장을 날린다. "벼랑 끝으로 밀어버려라 (중략) 참수하듯 목을 잘라버려라 // 새벽이 더디 오더라도"(「어둠에 대한 경고」)의 단호함은 그의 새로운 생과 새로운 시의 출발을 예고하는 것처럼 반갑다. 들이닥치는 어둠부터 참수하려는 결연함에서 그저 미안해진다. 어둠에서 벗어나기 위해 서동인보다 더 노력했는데도 서동인보다 더 막막하게 사는 시인이 과연 있을까? 라는 질문 사이로 잘 풀린 생들이 겹치는 것을 나는 막을 수가 없었다.

세상의 부조리와 그 부당함에 대한 반란이 매우 구체적으로 확산되기 시작하는 시, 「청아, 청아」와 마주하면서 나도 모르게 주먹을 불끈 쥐었다. 시의 문맥으로 보아서 용왕으로 짐작되는데 "살려 보낼 테니 복수하거라! 연꽃으로 떠올라 아비 만날 날을 손꼽아 기다렸습니다"(「청아, 청아」)라는 대목 때문이었다. 아! 이젠 되었구나! 이러한 호기로 나아가면 달라진 생을 만나게 될 것이다! 라는 기대가 차오른다. 부모의 눈을 뜨게 해주자며 어린 딸의 효심을 악용하는 세력에 대한 응징의 암시가 놀랍다. 아버지와의 행복한 상봉이 이제 소원이 아니다. 악의 세계와 싸우기 위해 세상에 다시 오겠다는 다짐으로 읽혀진다. 아무튼 가난을 악용하는 세상 구조에 대한 반격임에는 틀림없을 것이다. 귀중한 목숨을 겨우 공양미 삼백 석으로 흥정한 세태가 마치 죄 없는 그의 생까지 함부로 뭉개는 것처럼 느껴졌을 것이기에.

경전을 읽고 또 읽어가며 외운다
가까이 하기엔 너무 먼 말씀

당신이 죽을 때까지
어떤 병에 걸려도 평생 든든
걱정할 필요 없습니다
완벽하게 보장해 드립니다

거리에 떠도는 외면의 그림자들
땡볕 속으로 말씀이
녹아 흐른다 가방 줄이 흘러내린다

정작 나를 위한 경전은 어디에서도
팔지 않는다
시가 경전이었을 때도 있었지만
밥이 될 수는 없었다

허기진 오후
혼자 먹는 식당에 앉아
꾸역꾸역 다시 위대한 경전을 펼친다

―「위대한 경전」 전문

「청아, 청아」에서 시작된 분노의 여진 때문일까? 서동인의 시에서 시는 이제 더 이상 경전이 될 수 없다. 왜? 밥이 될 수 없어서다. 젊은 날엔 정신을 키우기 위해 굶으면서도 자랑스러웠을 게다. 박사 아들인 그가, 시인까지 된 그가, 한때는 어머니의 어깨를 즐겁게 들썩이게도 해드렸을 것이다. 그렇지만 이제는 바닥이 훤히 보이는, 보따리 장사로 전전하는 무명 시인의 시간들을 지인들에게도 들키고 말았을지도 모른다. 뒷바라지를 아끼지 않던 누나마저 젊은 나이에 암으로 이 세상을 떠났다. 화가가 되고 싶다면서 곧잘 푸른 갈매기를 그려주던 누나는 하늘로 날아가버렸다. 그는 더 이상 경전 타령만 할 수는 없었을까?

이런 현실들을 어찌해야 옳은가. 평생 든든한 동아줄이 되어줄 줄 알았던 경전의 말씀들이 힘없이 녹아내리고 있다. 경전이 담긴 가방의 줄도 줄줄 내리막길이다. 그런데도 시의 말미에서는 꾸역꾸역 다시 경전을 펼쳐든다. 왜? 그의 일생이 담겨진 그 보따리만은 아무래도 부정할 수 없어서이다. 지금까지 견뎌왔는데! 이제 와서 어떻게 차를 돌려 안개를 피할 것인가. 차라리 안개 자욱한 현실로 뛰어들면서 스스로 안개가 되어 출근길 부옇다고 투덜거리는 분들에게 부디 웃어주세요! 우리도 목숨입니다! 간청하면서 재개발 구역까지 숨이 차게 올라가 꽃이불이 되겠다고 다짐하게 만드는 힘은 그의 몸에 밴 경전의 힘이 아니었을까?

서동인의 시 「너, 라는 꽃이불 속에서」를 다시 음미하면서 즐거운 상상을 해본다. 그가 수십 년을 믿고 또 믿으며 외우고 또 외웠던 경전들이 아픈 등을 토닥여줄 날이 올 것 같아서다. 축축한 안개가 되어 안개의 혀로 짠 꽃이불이 한 번 되어보겠다고 앞장을 서준 그다. 그의 결기가 사나운 갯바람을 맞으며 피워 올리는 동백꽃이 되었다면 은유의 세계로 발을 제대로 옮긴 셈이다. 옹색한 희망가여도 좋다. 단 한 사람의 독자만이라도 '서동인'이라는 사람안개가 직접 짜고 지은 꽃이불을 덮으며 겨울을 따뜻하게 보낼 수 있다면 말이다.

처절해서 오히려 눈이 부시게 아름다운 서동인의 시 세계를 찬미하면서 이 글을 이어가는 힘을 얻고자 애를 썼다. 그 덕분일까? 눈이 번쩍 뜨이게 하는 시, 「동백 울다」를 발견할 수 있었다. 그래서 이 글의 도입부에서 예를 든 시, 「동백의 세계」와 「동백 울다」를 양손에 들고 높이 쳐들어볼까 한다. 동백을 주제로 쓴 송찬호의 名詩 열두어 편과 감히 나란히 놓고 읽어보려 한다.

송찬호의 동백이 경구로 가득차 있다면 서동인의 동백은 울음으로 가득차 있다고 볼 수 있다. 다행히 서동인의 울음은 바다의 귀를 잘라내버리는 비장한 울음이 되어주었다. 또한 울음으로 빚어낸 동백주, 몇 잔만으로도 사람의 몸에서 붉은 동백꽃이 피어날 수 있게도 한다. 그의 결기가 벼랑에서 바다로 뛰어내릴 때마다 소리가 되고 바다의 한쪽 귀까지 잘라내버릴 줄이야! 서동인의 손을 높이 들어 올려주어야 옳지 않겠는가.

오동도 낭떠러지에
소리들이 떨어지네

무대 없이 관객 없이 피고 지고

새색시 입술 포개지는 새벽이면
활어처럼 파닥이며
벼랑 끝 절창으로 떨어지네

시퍼렇게 잘린 바다 귀를 여네

—「동백 울다」 전문

그는 이제 관객이나 무대 따윈 필요 없다. 왜? 바다의 귀를 시퍼렇게 잘라낼 소리가 생겨서다. 이런 소리를 도대체 어디서 어떻게 얻어냈느냐는 질문은 부질없다. 남은 한쪽 귀마저 잃지 않으려면 바다는 이제 시인의 뼈가 쩍쩍 갈라지는 소리에 귀를 기울여야 할 판이다. 핍진한 현실이 그를 벼랑 위에 세웠고 드디어 소리를 얻어낼 수 있는 동백꽃이 되었다. 앞으로도 그는 안개의 시간을 견디다가 안개가 되어 벼랑에 서 있을 것이다. 바닷가 거친 바람을 들이킨 세월만큼 그의 시는 붉은 동백꽃을 온몸으로 피워낼 것이기에.

다만 역동적 상상력과 미학적 기교도 서동인의 몸이 되기를 바라는 것은 지나친 욕심일까? 역동적인 상상력의 시를 만날 때 독자들은 설렐 수밖에 없다. 물론

설렘에만 의존한 시들은 그 시집을 덮은 후 떠오르는 구절이 없는 경우가 많다. 은은하게 씹히는 그 시인만의 체취가 요즘 발표되는 젊은 시에서는 그립기도 하다. 그럼에도 불구하고 나는 역동적인 상상력의 시를 선호한다. 그의 아픈 체험들이 역동적인 상상력을 이끌어내면서 시를 쓰게 된다면 우리 서동인 시인도 생살을 찢고 나오는 시만 쓰지 않게 될 것이다. 태우고 또 태워도 타지 않는 안개를 동백꽃으로 바꾸어낸 시인 서동인, 바다의 귀를 잘라낼 소리까지 얻어낸 서동인은 이제 뭍으로도 진격해나갈 것을 믿는다. 결코 보편타당했다고 볼 수 없었던 서동인의 인생에 대해 항변할 수 있는 유일한 무기가 앞으로 그가 쓰게 될 시였으면 좋겠다.

동백주 몇 잔에 꽃이 피다니

1판 1쇄 인쇄 2019년 8월 10일
1판 1쇄 발행 2019년 8월 20일

지은이 서동인
발행인 윤미소
발행처 (주)달아실출판사

책임편집 박제영
디자인 안수연
마케팅 배상휘

주소 강원도 춘천시 춘천로 17번길 37, 1층
전화 033-241-7661
팩스 033-241-7662
이메일 dalasilmoongo@naver.com

출판등록 2016년 12월 30일 제494호

ISBN 979-11-88710-46-1 03810

* 이 도서의 국립중앙도서관 출판예정도서목록(CIP)은 서지정보유통지원시스템 홈페이지(http://seoji.nl.go.kr)와 국가자료공동목록시스템(http://www.nl.go.kr/kolisnet)에서 이용하실 수 있습니다.(CIP제어번호 : CIP2019029845)